RABICÓ DE PUTO

Vinicius Comoti

Coordenação editorial: Sálvio Nienkötter
Editor-executivo: Raul K. Souza
Projeto gráfico e editoração: Maria Luiza de Carvalho Rodrigues
Produção: Cristiane Nienkötter
Ilustrações: capa: Geraldo Leão
orelhas: Luiz Antonio Solda

Dados Internacionais de Catalogação na Publicação (CIP).
Angélica Ilacqua CRB-8/7057

Comoti, Vinicius
Rabicó de puto | Vinicius Comoti. Curitiba : Kotter Editorial, 2019.
110 p

ISBN 978-65-80103-56-0
1. Poesia brasileira I. Título

CDD B869.1

19-1575

Texto adequado às novas regras do acordo ortográfico de 1990, em vigor no Brasil desde 2009.

Kotter Editorial
Rua das Cerejeiras, 194
82700-510 | Curitiba/PR
+55 41 3585-5161
www.kotter.com.br | contato@kotter.com.br

Feito o depósito legal
1ª edição
2019

KOTTER
EDITORIAL

RABICÓ DE PUTO

Vinicius Comoti

Lero-lero sobre a criatividade sintética de Vinicius Comoti

Sebastião Nunes

Séculos atrás, o multitarefeiro Ezra Pound estabeleceu uma hierarquia de poetas, na qual pontificava o inventor como expressão máxima. Abaixo dele, todos os demais, inclusive os mestres, um degrau abaixo na hierarquia da excelência.

Claro que categorizações desse naipe estão fora de moda nestes tempos de ligeireza internáutica, mas de vez em quando é bom ressuscitá-las, especialmente quando a gente topa com um poema assim:

a fissura na idade média
o chinelo desvirado

meu primeiro gato
ganhei da manicure doida

Existem poetas do óbvio como existem poetas do ininteligível. Os primeiros são os redundantes, os que dizem o já dito e redito como se fosse novidade. Os segundos são os que fazem questão de serem incompreensíveis, como se residisse aí a essência do fazer poético. Nenhum deles é inventor ou mestro, muito menos diluidor, o terceiro grau na hierarquia descendente poundiana.

Se o poema transcrito acima dá boa medida da singularidade inventiva de Vinicius Comoti este aqui embaixo, embora jogue menos com estranhamentos, não faz por menos, acrescentando uma dose elevada de ótima poesia (e de compressão poética) a três versos aparentemente prosaicos, mas de uma densidade extrema:

no ônibus lotado
ela se esforça
para abrir a caixa das esfirras

Quando se está diante de um grande poeta, como é o caso, não é preciso ser prolixo, mas apenas polvilhar aqui e ali algumas pitadas de originalidade para alertar o leitor de que ele não tem pela frente um poeta qualquer, mas um inventor, esse raro momento de iluminação que revela a essência pura da poesia. Como nestes versos de (aparente) simplicidade, mas de elevada criatividade, carregada de humor negro:

puxei assunto
virei defunto

Um grande poeta não é fruto do acaso, mas resulta de uma mente privilegiada combinada com rigor artesanal e conhecimento do que fizeram de melhor aqueles que, antes dele, mereceram o título de inventor ou mestre.

Inventor requintado, Vinicius Comoti passeia com desenvoltura e malícia nos degraus superiores da poesia.

na asa da cobra

eu vejo o mundo

na casa sem porta

um pouco mais fundo

a picuinha do bêbado

conserva de ovo roxo

cavalos de racha

a baga dormindo sobre o dicionário

trinta anos de infância

o dublê acreditando no romantismo da cena

bebia garapa e acordou sendo beliscado

por um engravatado vesgo

que queria investir na china

e debochava dos ursos polares

o cambitinho no bosque

comendo nhoque

e palitinhos de porco

a braguilha molhada

pelos pingos do mijo

pisou na merda

acordou rico

o dragão de cu assado

estava com a chama baixa

fumava cigarrinhos de corda

esperando a dor passar

no bar mais sujo

o plano-sequência da candinha

descascando alho no escuro

canibais comendo fava

em alguma danceteria da década de setenta

a calça boca de sino manchada de água sanitária

o homem das mudanças

mudava a palavra

luta

a intera do ressabiado

na despedida do mundo

cinema brasileiro é um pacto do capeta

com o toquinho de amarrar jegue

banana e cachaça

na película sem flerte

derrubei vinho

no tênis branco

na manhã seguinte

a chuva o lavou

a ofensa

do vazio

me escaldou

me curvo

cru

retalho de pano de prato

as imagens espatifaram

o versinho

na máquina de lavar

o fantasma aceso

passeia pelo baixo centro

come pastel de orelha de porco

doses do vermelho desbotado

paparica

o escândalo

da aranha chique

os vira-latas são os únicos amigos

do homem que mora na rua

e dorme na cama de princesa

puxei assunto

virei defunto

fui buscar

o tapa na bagana

dandando

o pouso da abelha

no mar de gente

flana de vagabundo

a larvinha do alface

forças estranhas no caminho

o herói

com seborréia

o sol

sem matéria

o tique

da bromélia crescida

a passante

cativa

me chama pra noite

de curitiba

para belo horizonte

a palhaçada

do poste

com as

pombinhas

a chuva

molha

a marmita

molhei a meia dentro da coberta

e acordei em outra cidade

deserta

o caixa do sebo

me disse que o antigo dono

vendeu a biblioteca

por vinte pinos

baralho viciado

século vencido

ao pito lá fora

os que rastejam

no baralho do caminho

cinema de rabioca

na cagada do vagabundo

perseguido pela cueca furada

o roteirista se declara

culpado

vestido rasgado

o fim do nosso plágio

senti o contra-ataque

do meu borrão

a minha vulgaridade

é uma sequóia

entristecida

janela vazia

oficina do diabo

eu

olhei

para

o

passado

e

não

vi

oráculo

tempera a bisteca de porco

com limão e cerveja

sente o ventinho

refrescar o ventre

beiço molhado

unha suja de erva

o nascimento do bebê no estúdio

tribufu

caçando defeitos

no vestido da noiva

o filme noir

queima a ponta dos sonhos

no batizo da madrugada

gora

a chaminé

e o travelling

da moça correndo

a bota do van gogh

no puteiro

a rosa

na lama

o recado

pro ator

aperta o dedinho

se aproximando do fisgo

o cachorro não caga liso

acendeu a ponta no fogão e carburou o topete

nosso melodrama italiano

acaba com as roupas

depois

é falso documentário

colocaram o meu nome

na boca do sapo

ele não entendeu

o esparadrapo

calote

sobre as minhocas

desmilinguidas

manhã de uma noite louca

o vento varrendo

o pombal

a biqueira

do tatu

de nariz

feliz?

enterrada

viva

chapou

a cisma

a fuga do dia me emprestou o que melhor me veste

as pupilas regaçadas

diabetes

bisbilhoteiro

o pior de mim

no sereno

haja uma fresta

um lampejo

nuvens desesperadas

o aguaceiro

o que agride

as mariposas

são as folhinhas do calendário

soltas

a cirrose

da noite

incendiou

o pensamento

quem nunca viu

um lobo ciumento

a tia louca

se esbarra

no saci

imagina

se soubesse

do fim

chutei com a canela

o que me chegou

mudado

a barganha queimou

ficou o rastro

a fisgada estremeceu o corpo

cai pro lado e a sandice no pescoço

tanto desgosto para um sangue seco

que o vinho amanheceu sem gosto

mau tempero

a primeira vez que sonhei com dinossauros

eles me pareciam simpáticos

a barba cresceu

e o lodo ficou dramático

antes das bitucas

antes dos palavrões

antes das pontadas

antes do quebra-pau

alguém

a vespa perambula

a deusa se esfrega

o motoqueiro se perdeu na entrega

esse contrabandear

de frangalhos

na curva do reino

a madrugada

chora

pelo pêssego

a sova da vida na imagem chuviscada

ioiô sem corda

a criança rasga o castigo da escola

de salada

para fritura

a sua frescura

no meio da paranóia o corredor escuro

a voltinha se transformando em nunca mais

algum intruso

esquina sádica

folha morta

quem devora

peripaque

no alto

da montanha

não vejo a santa

cortaram a luz

no meio dia

universos da sua boca

erotismo traiçoeiro

te amo

em cada cabelo

o furo no buraco negro

uma flatulência

do ionesco

me estrepei no renascimento

dando o cu

fritando coxinhas

pavio curto

cinemascope escandaloso

jeitinhos nas brechas

antropologia da maravilha esquisita

elas vagam

por um

pileque magro

atacam na precisão

de um leopardo

a fissura na idade média

o chinelo desvirado

meu primeiro gato

ganhei da manicure doida

surdina na orgia

a nova babilônia do meu desespero

canta num karaokê do baixo mundo

o romance do único encontro

um filme do bressane

em doze de agosto

se aconchegou nos meus braços

pedindo uma história bonita

a coberta marrom

bebida

o mapa

na areia do gato

o carma logrado

o ursinho verde

na calçada

aloja a bituca

e o olho esquerdo

as crianças não gostam dele

o serelepe

de camisa branca

suja de gordura

na mise-en-scène ingênua

cão sem lábia

as prendas

ela me cuida

pede o resultado

do vício

caçoa

da encruzilhada

delonga o espinho

o ranhento come as pelancas

desabando andorinhas de papelão

ao lado do sapo queimado pelo sal

no ônibus lotado

ela se esforça

para abrir a caixa das esfirras

num bairro afastado

a senhora abre as pernas

para os meninos

para um

a caçada

para o outro

o divino

valsa macabra

dialética bêbada

o casal brigando por uma mesa

esfaqueio a linguagem

até ela se despedaçar

em charmosos rabos de lagartixa

a pergunta foi se alastrando

pano piano

o pneu boiando

numa sombra peçonhenta

sirvo de experiência

para algum anjo suado

te amo tanto

que me espanto

de vez em quando

com o pirilampo

bambo

voltando

alcanço o seu balanço

a filha não gosta do pai

nem da mãe

nem dos irmãos

nem das tias

nem dos amigos

nem dos desconhecidos

mas ama o esquisitinho

que vende geladinhos na porta da escola

o pivete decapitou o pardal

a urucubaca e a titica de galinha

cemitério de folhas

comeu a vizinha

mandioca frita

rei sem filha

ira ou birita

a minha

a viúva lava as folhas do abacate

lembrando o cabelo verde do marido

era um documentarista em mil e quinhentos

a cobaia agitada

briga com a rainha

a sequela do labirinto

fuçam na moela

bebem absinto

a figueira relaxa

pasmaceira solar

nasci em oitenta e oito

mistério orgânico

clarividências

na antiguidade

de hoje

o deus de boné

o cineasta brigou com o caminhoneiro

closes de uma mesma face

vespeiro

coringa disfarçado

lepra de fulano

potenciais bailarinos na camisinha cheia

as últimas cinco sedas

desenho do gás

cola avessa

espera

o samurai fumando um

na caverna

picote de vidro com cola

rasteira morgada

outra estrada resolveria

Impresso em papel Polen Soft 80g/m2, tipografia
BentonModDisp 12/15. Primavera 2019.